Clarissa und Ich

VOLAND & QUIST

Für C., J. und M.

Für Theodor, Blender und Eule

Clarissa und Ich

Erzählt von Dota Kehr
Gezeichnet von Lihie Jacob

Im Sommer zogen wir in dieses Haus,
wir heißt: Clarissa und ich.
Wir besserten erst mal die Fenster aus,
mit Pappe, dann machten wir Picknick-Schmaus,
dann ein Nickerchen, jeder für sich.

Doch weil wir Essen mitgebracht hatten,
schlichen schon bald durch den Schatten die Ratten,
und als wir erwachten, schwand schon das Licht,
und die Abendmücken waren da.
Wir lachten und sagten: „Die Angst kriegt uns nicht!“
Wir malten dem Schrank ein buntes Gesicht,
und stellten die Vorräte in das Regal (oder was davon übrig war).

Wir waren nicht heimlich weggelaufen,
wir hatten gesagt, dass wir gehen.
Sie hatten uns nicht geglaubt,
doch Clarissa meinte: „Die werden schon sehen!“
Wir also los zum 16-er Bus, zum Bahnhof und raus aufs Land,
wo das Häuschen, das früher der Oma gehört hatte,
einsam am Waldrand stand.

Das Fenster war schief und das Dach war noch schiefer,
davor eine Kiefer, dahinter ein Tümpel —
vielleicht gar ein tiefer ...
Wir stakten mit Stöcken und suchten den Grund.
Da fanden wir in der Tümpelpfütze,
im Schilf und unter der Entengrütze
eine Kugel, schimmernd und rund.

„Die ist aus Silber“, meinte Clarissa,
sie war oft ein ziemlicher Besserwisser.
„Das ist Aluminium“, wusste ich wohl,
die Kugel war leicht und innen hohl,
nur gerade kirschgroß, also eher klein.
„Meins!“, rief Clarissa und steckte sie ein.

Dann nahmen wir unser neues Reich
gebührend in Augenschein,
dieses verlassene Häuschen am Wald
sollte unser Zuhause nun sein.
Nur wir beide allein,
einen Sommer lang tun, was wir wollten.
Wie wunderbar,
zwischen Brombeergestrüpp und Efeuranken,
und ab und zu mit einem Gedanken
an Oma, und wie sie war.

Als die Schlafenszeit kam,
hatten wir uns ein Plätzchen zurechtgemacht,
die Kerze brannte flackernd herunter,
dann sagten wir uns „Gute Nacht“.

Und mit der Nacht kamen Geräusche,
ein Rascheln, ein Huschen und Scharren.
Wir rührten uns kaum und starrten zusammen
ins Dunkel, von dort, wo wir waren.
„Mach noch mal Licht“, sagte Clarissa,
„ich will gucken, was los ist im Haus.“
Und als das Streichholz den Raum erhellte,
sahen wir auf dem Tisch eine Maus.
„Hey!“, rief ich, die Maus hielt kurz inne,
es schien fast, sie nickte uns zu.
„Lass unser Essen!“, rief Clarissa,
und warf nach der Maus einen Schuh.

Die Maus huschte fort, dann nickte ich ein und erwachte.
Clarissa war weg!
„Hallo?“, rief ich ins Dunkle, es kam keine Antwort.
Was für ein Schreck!
Und da sah ich die Tür, dahinter die Treppe.
Wie seltsam. Sie führte nach oben.
Wie konnte das sein?
Das Haus war so klein,
und hatte gar keinen Dachboden.

Ich schaute mich um in dem dunklen Raum,
rief: „Clarissa?“, verzweifelt wie nie.
Wieder saß die Maus auf dem Tisch.
„Sie ist hochgestiegen“, sprach sie.
„Wohin führt diese Treppe?“, fragt’ ich die Maus.
„Ich gehe ihr schnell hinterher.“
„Das würde ich nicht tun“, warnte die Maus,
„sie wollen ungestört sein“, ich frag: „Wer?“
„Die Geister, die dort oben wohnen. Sie feiern heute ein Fest.
Ich hab‘s ihr gesagt, sie ist trotzdem gegangen.“
Aus Neugier so etwas anzufangen, typisch Clarissa.
Sie tut einfach gern das, was man besser lässt.

„Gut, wenn du sie suchen willst, geh.
So ein Geisterfest ist sehr selten.
Doch merke dir, du musst die Luft anhalten
auf der Treppe zwischen den Welten.
Damit sie nicht spüren, dass ein Menschlein kommt,
atme weder ein noch aus.“
Ich war entschlossen, Clarissa zu retten,
und sagte: „Danke, Frau Maus.“

„Jetzt hat dir Frau Maus nicht alles gesagt“,
sprach der Schrank mit dem bunten Gesicht.
„Damit du zurück kannst in diese Welt, brauchst du
– vergiss das nicht! –
zwei Dinge von hier:
etwas zu essen und was, um den Weg zu erkennen.
Und auf gar keinen Fall darfst du irgendwem dort
deinen wahren Namen nennen.
Sei wieder hier unten,
bevor der erste Sonnenstrahl hereinfällt.
Wenn du es nicht schaffst,
bist du für immer gefangen in ihrer Welt.“

Ich glaube zwar gar nicht an solche Dinge
und alles, was Geister betrifft,
doch vorsichtshalber nahm ich eine Flasche Wasser,
das Brot, einen Stift.
„Danke, Herr Schrank“, ich nickte ihm zu,
packte mein Bündel und ging
die Luft anhaltend die Treppe hoch,
Und dies ist, was mich dort empfing:

Ein riesiger Raum voller tanzender Geister,
in allen Farben und Formen,
sie wirbelten durch die Stille
mit bunten Schleppen und mit enormen
Hüten und Hörnern und Tand und Verzierung,
sie kreischten stumm vor Vergnügen,
ich malte rasch ein Kreuz auf den Boden.
Hoffentlich wird das genügen.

Dann entdeckte ich endlich Clarissa,
sie tanzte und schien mich kaum zu hören.
Ich rief durch das lautlose Treiben,
doch sie ließ sich beim Tanzen nicht stören.
Sie leuchtete seltsam von innen
und wiegte sich wie im Takt von Musik,
ich hörte sie zwar nicht singen,
doch scheinbar sang sie was mit.

Sie schwebte ein bisschen, ich zog sie herunter,
das schien mir gar nicht gesund.
„Du musst etwas essen, Clarissa!“
Ich schob ihr ein Stück Brot in den Mund.
Sie kaute, sie schluckte,
und ihre Konturen wurden allmählich fester.
Da begann ich selber die Stimmen zu hören.
Sie riefen: „Komm tanz mit uns, Schwester!“
Ein Summen und Klingeln, es war wunderschön.
Sie nahmen mich bei den Armen,
„Wie heißt du?“, fragt wer,
doch ich verriet wohlweislich nicht meinen Namen.

Ich drehte mich um,
um mich drehte der Raum sich voll Geister,
sie wogten und lachten.
Ich begann zu schweben.
Ihre Stimmen waren hell,
ich konnte hören, was sie dachten!
„Tanz mit uns! Heute ist unser Fest,
heut’ hat jemand die Kugel berührt,
die schimmernde, silberne Kugel,
die ein Menschlein zu uns führt.
Tanz mit uns! Wir feiern,
wir feiern heute ein Fest.
Wir feiern, dass jemand die Kugel nahm,
die ein Menschlein zu uns kommen lässt …“

Immer lauter klang die Geistermusik,
immer süßer in meinen Ohren.
Clarissa hielt mir ein Brotstück hin.
„Iss das hier, sonst bist du verloren!“
Und sie half mir,
die Wasserflasche im Schweben zum Mund zu führen,
Ich schluckte,
und unter den Füßen konnt’ ich den Boden jetzt wieder spüren.
„Wir müssen zurück!“
Ich hatte den Weg doch für uns kennzeichnen wollen!
Ein paar Schritte nur –
doch ich wusste nicht mehr, in welche Richtung wir sollen.

Ich ging suchend hier lang und dort lang,
ließ Clarissa dabei nicht los.
Überall wirbelten Geister herum,
der Dachboden schien endlos groß!
Wir aßen das Brot Stückchen für Stückchen,
wir hielten uns an der Hand,
die Stunden verrannen, wir zogen Kreise,
erreichten jedoch keine Wand.
Das Fest war im vollen Gange,
wir konnten‘s nicht hören, nur sehen,
seltsam war es, entrückend,
und auf seine Art wunderschön.

„Clarissa, wir müssen die Kugel loswerden,
ich glaube, sie hält uns hier!“
„Sie ist meine Eintrittskarte zum Geisterreigen.
Sie gehört mir!“
„Aber wenn wir für immer hierbleiben müssen,
was hilft da das schönste Fest?
Es ist doch nur gut, wenn wir wissen,
dass man uns wieder gehen lässt.“

Der Blick auf den Boden,
wo war dieses Kreuz? Oh weh. Ach, große Not.
Da sahen wir die Maus und lockten sie zu uns,
mit dem letzten Rest Brot.
„Bitte, Frau Maus, sag: Wo ist die Treppe?“
Mir schien, sie konnt’ uns nicht leiden,
sie kaute und schaute und wiegte den Kopf.
Und sie fragte: „Wie heißt ihr, ihr beiden?“
Clarissa hob an: „Cla-“
„rinette!“, rief ich dazwischen mit bangem Gesicht.
Da entwischte die Maus, wir versuchten zu folgen,
doch Geister versperrten die Sicht.

Jetzt war kein Brot mehr übrig.
Wir schauten uns an und wir schwiegen.
Ton um Ton war die Musik wieder da,
wir begannen, im Takt uns zu wiegen.
„Wir müssen selber was singen“, rief ich.
„Lass uns das bitte probieren,
um dem eigenen Lied zu folgen,
statt uns im Geistergesang zu verlieren.“
Wir sangen drauflos,
gegen die Angst und gegen das jähe Entschweben,
wir sangen laut und sangen schief,
wir sangen um unser Leben.

Singend zogen wir unsere Kreise,
mit wachsender Ungeduld,
vielleicht nahte draußen der Morgen schon ...
„Ich glaube, die Kugel ist schuld.
Wirf sie fort!“, sagte ich.
„Nein!“, schrie Clarissa, und schaute dann wieder verzückt
dem seltsam schönen Geistertanz zu,
ich lief suchend zum Boden gebückt.

„Wir müssen sie loswerden! Hörst du mich nicht?
Die Kugel! Sie hält uns zurück!“
Ich riss sie ihr aus der Hand, warf sie fort.
Sie flog und sie rollte ein Stück.
Dann sahen wir sie nicht mehr, doch hörten ein „Klack“,
es formten sich unter ihr Stufen.
Wir eilten hin. Da war endlich die Treppe.
Wir hörten ein Klappern und Rufen.
Der Schrank mit dem bunten Gesicht rief: „Hurra!
Ihr habt es geschafft, ihr seid wieder da!“

Auf der letzten Stufe atmete ich schließlich erleichtert auf …

… da hörte ich hinter mir Kreischen: „Ein Mensch!“,
und sie zogen mich zu sich herauf!
Doch blitzschnell packte Clarissa mich,
schlug die Tür zu, „Genug ist genug!
Ihr bleibt jetzt in eurem Geisterland,
aus und vorbei mit dem Spuk.“

Erschöpft fielen wir beide aufs Bett,
schliefen und als wir erwachten,
war die Tür nicht mehr da.
Ich sah Clarissa die Wand nachdenklich betrachten ...
Sie drehte sich um und sagte zu mir:
„Was für ein seltsamer Traum,
den ich heute hatte.
Da war eine sprechende Maus,
und oben ein Raum.“

Dann wollten wir frühstücken, doch im Regal,
wo das Brot gewesen war,
lag nur ein Krümel ...

*Zum Glück hatten wir auch
noch Kekse.*

Wir blieben den halben Sommer
oder halt fast bis zum nächsten Abend.
Dann kamen die Eltern und sagten:
„Was fällt euch ein, einfach wegzulaufen. Was da alles hätte passieren können! Das wird noch ein Nachspiel haben ... Nun, zum Glück seid ihr beide wohlauf ... aber so etwas dürft ihr nicht tun ... das gibt noch einen Riesenärger."

Ehrlich gesagt war ich doch ziemlich erleichtert,
sie hier zu sehen.
Das wollt ich mir aber nicht anmerken lassen
und tat so, als sei nichts geschehen.
Sie schimpften - vielleicht zu Recht - vor sich hin,
wir schwiegen mit trotzigen Mienen.
Stumm stieß Clarissa mich an
und wies dann auf den Boden bei den Gardinen.
Da lag die silberne Kugel,
da saß die Maus unscheinbar vor der Wand
sie drehte sich in Pirouetten und schien zu kichern,
bevor sie verschwand.

Die Eltern sprachen:
„Ach ja, das Häuschen. Ach ja, die Oma. Wisst ihr noch, wie wir im Sommer oft hier waren. Da warst du noch ganz klein ... Ach ja, am Ende war sie ganz schön durcheinander ... und was sie sich immer ausgedacht hat! All ihre Sprüche und Lieder und Witze und Schüttelreime ... Unter den kleinsten Steppdecken, kann der größte Depp stecken ... haha ... hihi ..."

Ehe wir ins Auto stiegen,
gingen wir noch mal zum Teich.
Wir hatten noch immer kein Wort gewechselt
über das Geisterreich.
Clarissa zog die Kugel aus der Tasche und gab sie mir.
„Die gehört jetzt uns beiden.
Bis zum nächsten Mal bleibt sie bei dir.“

Ich rollte die kleine Silberkugel
sacht in der hohlen Hand,
da ertönten ein Summen und flüsternde Stimmen
wie aus einem fernen Land.
Nur ganz kurz und ganz schwach,
wir schauten uns an. Nur wir wussten, was da geschieht.
Wir kehrten dem Häuschen den Rücken.
und sangen noch mal unser Lied.

Dota Kehr, 1979 in Berlin geboren, oft unterwegs mit ihrer Band DOTA, früher auch bekannt als Kleingeldprinzessin, ist Liedermacherin und Musikproduzentin. Zuletzt erschien ihr Album „Wir rufen dich, Galaktika". „Clarissa und ich" ist ihr erstes Kinderbuch.

www.kleingeldprinzessin.de

Lihie Jacob, 1985 in Israel geboren, aufgewachsen in Ägypten, Venezuela, Israel und Deutschland, studierte Visual Communications an der Bezalel Akademie für Kunst und Design in Jerusalem. Seit 2013 lebt sie mit Hund und Katze in Berlin.

www.lihiejacob.com

Clarissa und Ich
Erzählt von Dota Kehr
Gezeichnet von Lihie Jacob

Illustration und Umschlaggestaltung: Lihie Jacob
Satz: Avi Bohbot
Korrektorat: Helge Pfannenschmidt
Druck und Bindung: Livonia Print, Latvia

ISBN 978-3-86391-301-1
www.voland-quist.de